Collection dirigée par Chantal Pelletier

DU MÊME AUTEUR

« Noir »

Noir caméra !, nouvelles, Fayard Noir, 2006
Intimités, nouvelles, Gallimard, Folio 2 euros, 2006
L'Enfer des anges, Fayard Noir, 2005
More is less, Série noire, Gallimard, 2002
Troubles Fêtes, nouvelles, Série noire, Gallimard, 2001
Le Chant du bouc, Série noire, Gallimard, 2000, grand prix du roman noir de Cognac 2001, Folio policier, 2002
Éros et Thalasso, Série noire, Gallimard, 1998, Folio policier, 2006
Lavande tuera, « Le Poulpe », Baleine, 1997

Romans

La Visite, Balland, 2003 ; Folio, 2004
Le Squatt, Le Cherche Midi éditeur, 1996
Le Fils d'Ariane, Manya,1992
Supermarché rayon bonheur, Manya, 1990
L'Octobre, Jean-Jacques Pauvert, 1976

Poésie

Chercheurs de bleu, Colophon, 2004
Chairs amies, Le Ricochet, 2001

Récits, essais

Et l'amour dans tout ça ?, avec Kriss Grafitti, Balland, 1989
Rigole et tais-toi, avec Martine Boéri, Calmann-Lévy, 1989
Papy-boom, avec Maximilienne Levet, Grasset, 1988
Eddy Mitchell, chansons d'aujourd'hui, Seghers, 1982

Chantal Pelletier

exquis d'écrivains

Voyages en gourmandise

NiL éditions

Site : http://chantalpelletier.free.fr

ISBN 978-2-84111-356-9

À Simone et Gabriel Pelletier

Sauces

Ailleurs

Manières

Bresse

Désert

Consistance

Table

Voyage

Vin

Zen

Chocolat

Exotique

Dimanche

Sésame

Aphrodisiaque

Fromages

Piquant

Menus

Sauces

L'enfant s'approche du coquelon encore chaud. La béchamel a attaché et forme une mince croûte ridée collée à la fonte. Armé d'une cuillère, il gratte cette rousseur moelleuse et recueille de longs biscuits crémeux parfumés à la muscade qu'il dévore jusqu'au dernier. Cette vaisselle gourmande est un rituel. Surtout sa récompense.

Il lèche ses doigts, essuie d'un index fureteur les dernières traces blanches et dorées, inspecte minutieusement la casserole, pour constater, désolé, qu'elle est tout à fait propre.

Du repas du dimanche à l'accommodation des restes, la béchamel tenait le rôle principal sur la scène de la cuisine lyonnaise, telle que la pratiquait ma mère dans les années cinquante.

Endives, poissons, épinards, pommes de terre, croque-monsieur, moules... la béchamel était mise à toutes les sauces.

Sans doute freinée par le mistral qui l'avait bloquée à hauteur de Valence, l'huile d'olive n'avait pas encore envahi la capitale des Gaules. C'était au temps d'avant la Révolution fomentée par les partisans du régime crétois, et l'épais (mais pas trop) manteau blanc de Sa Majesté Béchamel nappait toute chose.

On n'exigeait pas de ce monarque la légèreté du filet de citron ou de la larme d'huile extra-vierge. « Avec ça, au moins, tu as quelque chose dans le ventre. » En ces temps d'après-guerre, il était avant tout question de se nourrir. Les années noires où lait, beurre et farine blanche avaient cruellement manqué, se délayaient dans l'onctueuse lumière de ce roux blanc qui, prétendait ma mère, « allait bien avec tout ».

C'est en me proposant de tremper les horribles feuilles d'artichaut dans une douce béchamel qu'on me décida à manger ce descendant de la fleur de chardon dont j'ai longtemps détesté le goût fade et la consistance pâteuse avant de lui reconnaître une saveur des plus fines. Comme disait encore ma mère : « La béchamel, ça fait passer le goût. » En l'occurrence, elle m'en a plutôt révélé quelques-uns. Dans cette parure blanche, même les insipides restes de macaronis prenaient, sous leur croûte gratinée d'emmenthal râpé, des airs de fête. Je dois à Sa Majesté Béchamel d'avoir très tôt accepté à peu près tout ce qu'on mettait dans mon assiette.

Ce lait épaissi de farine tenait, il faut dire, d'une nourriture première proche des blédines et bouillies, et la régression au temps du lolo épargnait toute prise de risque.

De surcroît, le mot « béchamel » avait une merveilleuse consonance exotique (à la fois la ville algérienne de Béchar et le fameux hydromel des Grecs), et ces rêveries constituèrent sans doute mes tout premiers voyages.

Cette sauce fut aussi ma première victoire culinaire. Selon ma mère, je savais cuisiner à huit ans, puisque j'étais capable de réussir une béchamel. « On est une grande fille lorsqu'on sait se tenir aux fourneaux. »

Dans le petit poêlon en fonte, le beurre fondait doucement, s'affaissait, grignoté par la chaleur qui lui faisait des bulles, de l'écume, et lui conférait ce doux arôme de propre et de gâteau. Sur ce pâle bouillonnement (qu'il ne fallait surtout pas laisser roussir !), je versais une pluie de farine, et là, vite, avec la cuillère en bois, je mêlais les deux éléments en une pâte blonde et bien homogène, que je délayais avec le lait en évitant les *catons*, impardonnables grumeaux, jusqu'à ce qu'il reste dans le coquelon un liquide lisse, sans aucune trace de farine. Tout en remuant la mixture, je guettais avidement le miracle : l'instant où la farine, comme surgissant de partout, s'unissait à chaque goutte de lait, l'enflait, l'engrossait d'une autre consistance. Là, le lait tournait sauce et se mettait à bouillonner. Lorsque de grosses bulles éclataient à sa surface (attention, ça va *iaquer*[1] partout), on *sortait du feu*, on ajoutait (pas avant, ça risquait de *faire tourner*) une pincée de sel, quelques miettes de poivre, une pointe de muscade, et on versait ce costume d'apparat sur une des pièces maîtresses du repas.

1. Gicler. Je ne sais pas d'où sortait ce mot employé par ma mère.

Dans les années soixante-dix, le royaume béchamel fut assailli par une foule d'ennemis. Vogue de la diététique, lutte acharnée contre le cholestérol et diabolisation du beurre cuit l'ont fait choir de son piédestal, et la dynastique cuisine lyonnaise, telle que je l'ai connue enfant, n'existe plus que dans les bouchons lyonnais. La simple lecture des cartes de ces établissements me conduit au bord de la crise de foie, et j'entre dans ces lieux de perdition avec l'impression d'aborder les rives d'un monde disparu.

J'ai trahi la béchamel. Croyant naïvement à ma singularité, j'ai suivi la vague pour apprécier, au fil des années, le chocolat noir, les sushis, l'huile d'olive, le thé sans sucre et le pain complet.

Symbole de la transformation radicale de ma relation à la nourriture et aux joies qu'elle procure, le shoyu, cette fermentation légère de soja et de blé, trésor de la cuisine japonaise, jus noir moins salé et moins épais que le tamari, a pris peu à peu une place centrale dans mes activités gourmandes.

Shoyu mis à toutes les sauces, non seulement de salades quelles qu'elles soient, mais aussi jus, *sel liquide* goûteux, élixir indispensable dans un œuf à la coque (ce mélange constituerait, d'après certains Japonais, un excellent tonique cardiaque).

De tous mes pique-niques et festins, le shoyu m'est aussi essentiel qu'autrefois la béchamel pour ma mère. Jamais sans ma fiole !

Je suis ainsi passée du blanc au noir, de l'onctueux au liquide, de la béchamel au shoyu, et j'admets sans états d'âme que la *capitale gastronomique mondiale* n'est plus lyonnaise puisqu'elle s'est déplacée vers l'est, attirée par les saveurs coquines de l'Extrême-Orient.

Je ne m'en plains pas. Je ne me lasse pas de regarder Akiko, mon amie japonaise, cuisiner algues et légumes croquants, tailler de jolis sashimis tout propres dans des poissons nacrés qu'elle épice de mixtures de science-fiction (pelures de poissons, soja lyophilisé, chips de crevettes, pommade de gingembre en tube) et, surtout, je me régale sans modération de yakitoris, tempuras, shitakés et haricots rouges accompagnés de bizarreries. Le gingembre rose au vinaigre fait partie de mes péchés capitaux. Le hors-d'œuvre de tofu frais assaisonné de poisson séché et de gingembre râpé a remplacé charcuterie et bouchées à la reine dans mon panthéon des gourmandises où les divinités vietnamiennes, thaïlandaises, cantonaises prennent de plus en plus de place, et je veux bien donner toutes les béchamels du monde pour la citronnelle fraîche, le safran, le tandoori, les poissons en feuilles de bananier ou les crevettes à la coriandre.

Mon goût pour les bonnes choses est comme moi. Il aime voyager.

Ailleurs

Ailleurs rime pour moi avec meilleur.

Ailleurs n'est pas forcément lointain. Pique-niquer sur le banc ou la pelouse d'un parc à trois cents mètres de chez moi peut me suffire.

Ailleurs, je me sens neuve, je redécouvre le goût des bonnes choses qu'ont érodé les habitudes.

Ailleurs, ma curiosité est plus grande, mes yeux plus écarquillés, mon odorat plus aiguisé, mon appétit plus ouvert.

Ailleurs, le temps est plus dense. Chaque jour me laisse des souvenirs que des années de quotidien ne parviennent pas à retenir.

Ailleurs, il me semble retrouver soif de découvrir et innocence, comme s'il s'agissait de rejoindre... l'enfance ?

J'ai quinze ans. À Kiel, Schleswig-Holstein, Allemagne du Nord, au début de mon premier dîner, je constate, stupéfaite, que ma correspondante, son frère et ses parents, menton dans les mains, marmonnent des remerciements au Seigneur. La surprise passée, je bénis à mon tour ce curieux repas : devant chaque convive, une planchette de bois, un couteau... et, au centre de la table, la *leberwurst* (saucisse de foie), le *schmalz* (saindoux), le pain noir ou gris à beurrer et recouvrir de fromages fumés, de salamis rose bonbon...

Friande de ces *repas-planchettes*, je m'étonne qu'un dieu offre à ses adorateurs une nourriture aussi riche. Les aime-t-il tant qu'il veut les rappeler au plus vite à ses côtés ? Peu importe, je retiens de cette première expérience que partout, et pas seulement chez moi, la nourriture est sacrée. La planète entière m'attend donc, pleine de surprises gourmandes. Merci, Seigneur !

Début juin en Grèce. Notre voiture grimpe les montagnes au-dessus d'une flaque d'un bleu pur et profond : le golfe de Corinthe. Devant nous, dévalant des pentes escarpées, des armées de cerisiers couverts de gros fruits brillants plus beaux que rouges : dorés, paille, safran, rose...

Au détour d'un virage, sous un gigantesque platane devant deux maisons cachées sous les feuillages, un étal de cerises. Nous nous arrêtons. Parfums de roses et de tilleul, chants d'oiseaux et chuchotis de la fontaine. Où sommes-nous ? À quelle époque ? Peut-être deux mille ans en arrière ? Dans quel coin du vieux monde ? Derrière son étal de fruits, fichu sur la tête, la mémé qui pourrait être corse, sarde, sicilienne, surgir d'une Galice du XVIIIe siècle, nous réclame un *evro* pour notre kilo de cerises : nous sommes chez nous et bien aujourd'hui.

La vieille glisse notre trésor dans un sac transparent arraché à une liasse de pochettes plastique... mais pourquoi emporte-t-elle notre sac ? Pour le glisser sous le filet d'eau de la fontaine ! Les cerises se mettent à gigoter, poissons rouge feu dans cet aquarium improvisé, et nous restons ébahis lorsque l'eau jaillit magistralement par les trous aménagés en haut du sachet gonflé, nous proposant le spectacle d'une miraculeuse fontaine aux poissons cerises !

Dans le chuchotis de l'eau et le parfum du tilleul, un moment de grâce que nous prolongeons dans la voiture en croquant, comme des gosses des bonbons, les fruits fermes et sucrés, dont le jus éclate dans nos bouches.

Il arrive que certains délices dont je me suis repue ailleurs n'effectuent pas le retour avec moi. J'apprécie peu caipirinhas et autres mojitos loin des Antilles, les yakitoris me paraissent sans grand attrait en dehors des marchés japonais, le serrano me déçoit en France, alors qu'il est incomparable en Espagne. Comme si, pour tenir ses promesses, une gourmandise avait besoin de ses racines, ses parfums, son décor, même d'une croyance enthousiaste en sa suprématie. Comme si l'évidence du mythe aiguisait les papilles.

Manières

J'aime les repas festifs, les grandes tablées où trinquent verres, regards et conversations, mais mon plus grand plaisir est de manger avec les doigts dans les échoppes, sur les marchés. Découvrir sous mes doigts la texture voluptueuse des viandes, les pâtes grenues des galettes, les masses tendres des légumes, leurs peaux soyeuses. Je rechigne rarement à ce jeu : modeler dans un grand plat odorant des boulettes fragiles en pressant riz ou semoule, sauces de légumes, hachis de viande, porter cette improbable sculpture à la bouche, lèvres tétant les restes, langue léchant les doigts dégoulinant de sucs épicés, façon de ne rien perdre des jus et des parfums, de baigner au mieux dans les arômes, dont même la peau des doigts maculés s'abreuve.

Je raffole des thalis indiens. Aucune assiette, même luxueusement belle, ne peut rivaliser avec le lisse sombre et brillant de la feuille de bananier, et rien n'est plus joyeux que la main qui danse d'un bout à l'autre du plateau, déchire le chapati chaud, l'empaume pour le fourrer de riz collant et de chutney, le rafraîchit de yaourt citronné, cueille la légèreté brûlante du papadum, galette dont la finesse tient de l'écorce d'un fruit. Dans un seul regard, tout un repas d'odeurs et de couleurs à portée de main...

Oui, j'aime manger avec les doigts. Je me méfie des baguettes, ces marionnettes asiatiques, même si je fais attention à les tenir correctement depuis qu'un spécialiste m'a traitée de péquenaude parce que je les tenais trop près de leur extrémité *utile*. Depuis, j'ai appris patiemment à les manœuvrer, mais sans plaisir particulier. Je ne suis pas convaincue par les aliments menés à la baguette. Je m'autorise ce reproche vis-à-vis de la cuisine asiatique : son côté *prêt à mâcher* lui ôte des consistances et des plénitudes qui me manquent vite. Cette mise à distance par les baguettes (plus longues que la fourchette) me contrarie. J'ai parfois l'impression d'un bec qui picore. Cette grâce d'oiseau, élégante, raffinée, me prive de sensations fondamentales et il m'arrive souvent d'avoir de furieuses envies d'attraper ce qu'on me sert... à pleines mains !

Le rapport tactile avec la nourriture donne son amplitude au plaisir de goûter. Je n'en voudrais jamais à quelqu'un de toucher et renifler ce qu'il a dans son assiette. Être gourmand par tous les bouts n'est pas pour moi un péché.

En revanche, j'ai beaucoup de mal avec certains face-à-face. Peu de mes amis me sont de bons compagnons de table. Il suffit d'un rien pour que je m'agace de leurs manières et de leurs manies. Le moindre détail m'irrite, me dérange, me coupe l'appétit, et il m'est pénible de manger en face de quelqu'un qui slurpe, ouvre la bouche sur ce qu'il mâche, bâfre, pignoche, n'aime rien, trie et range ses aliments dans son assiette, boit pour faire descendre, se cure les dents avec un ongle, attend que tout soit froid avant d'attaquer, postillonne, s'en fout partout, bave, avale tout rond, utilise le couteau comme une fourchette, le glisse dans sa bouche comme s'il voulait se punir (j'ignore de quelle religion me vient cette épouvante devant le couteau hérétique lancé dans un duel avec la langue...).

Bref, je suis, à table, d'une grande intolérance. Quelle que soit mon affection pour de tels convives, je ne leur pardonne pas leurs mauvaises manières. Ce n'est pas vraiment du dégoût, mais si dégoûter signifie ôter le goût, ces broutilles me gâchent le goût de tout. Ma volonté maniaque de voir respectées des règles strictement personnelles n'est en réalité que vulgaire impolitesse. À chacun ses mauvaises manières.

Bresse

La bouche pour manger, les mots pour dire le manger. Les Bressans, à table, parlaient de ce qu'ils mangeaient, avaient mangé, rêvaient de manger. À la veillée, lorsqu'ils jouaient au tarot en cuisant les gaufres ou l'omelette à la farine, ils se plaisaient à raconter crèmes, sauces, rôtis, pâtés, pièces montées et mokas. Rabâcher la nourriture, la repasser encore et encore dans la bouche pour la savourer mille fois.

Était-ce par peur atavique de manquer ? Dans leurs terres jadis isolées par les marais où les récoltes étaient les seuls moyens de subsistance (rien à vendre, pas un sou pour acheter), le moindre cataclysme météorologique se transformait en famine. Froid meurtrier, grêle hachant les récoltes, sécheresse laissant les champs déserts de poussière, avaient acculé leurs ancêtres à manger chiens, chats, rats, peut-être même des hommes... Livides, décharnés, ils erraient, fous au point de tuer pour un peu de pitance, se jetaient dans les mares avec leurs enfants, ou traversaient la Saône pour s'attaquer aux coteaux mâconnais et brouter comme des animaux les salsifis sauvages et les fèves vertes.

Les images de ces tragédies vécues bien avant leurs souvenirs assiégeaient encore les Bressans dans les années cinquante, soixante. Cette obsession du manque avait suivi ceux qui, comme mes parents, étaient partis *en ville*. Je n'ai pas oublié.

Cet impérieux radotage était prière, acte de foi. Mets et croyances ne faisaient qu'un. Baptêmes, mariages, communions, étaient surtout banquets durant deux ou trois jours d'affilée. Plus assidu le culte de la rosette et du jésus que celui de la Vierge Marie et du Fils de Dieu. Même le bon Dieu était du bon pain, *mangez, ceci est mon corps, buvez, ceci est mon sang.*

Sans relâche, les listes de plats ou de produits étaient psalmodiées. Les listes ! Langage du début du langage, tradition orale du pauvre, à la fois comptines et prières païennes.

Les Bressans étaient fiers de leur cuisine. *C'est toujours ça que les riches n'auront pas !* Les *rupins* n'avaient pas leur science culinaire. Pauvres nantis ! *Ils n'ont pas le bec fin, parce que les grands discours ne passeraient pas dedans ! Sont pas plus heureux que nous ! Mieux vaut une bonne assiette bien pleine qu'un beau discours bien long...*

Exilés en ville pour y travailler, mes parents aimaient répéter que *nous n'étions pas d'ici.* J'étais pourtant fière, moi, d'être née à Lyon, centre du monde puisque cœur de toutes les gourmandises. Les grenouilles, escargots, petites fritures de Saône, les volailles, bien sûr, dont personne ne contestait la suprématie, et tant d'autres délices bressans, étaient source de l'excellence culinaire lyonnaise, comme d'autres richesses des régions environnantes : le somptueux gratin dauphinois, le bœuf de Bourgogne, le vin du Beaujolais et de la vallée du Rhône... Je connaissais ma chance !

Bien manger, apanage du pauvre, cette évidence familiale était sagesse : les grandes gastronomies naissent de disettes répétées obligeant à métamorphoser, travail colossal.

Dans mon enfance, le temps consacré aux repas, première condition du bon, n'était pas compté. Les préparatifs d'un déjeuner de dimanche ordinaire commençaient des jours à l'avance, au plus tard la veille. Chaque acte avait sa nécessaire durée : dessaler, blanchir, faire lever, monter, réduire...

La gastronomie était une haute culture, avec ses règles, ses rites. Aux fourneaux, ceux qui n'étaient pas *sots* se montraient créatifs, économes, débrouillards. Une sorte de psychométrie gourmande appréciait QI et épanouissement des femmes... et des hommes. En Bresse, pères et maris mettaient souvent la main à la pâte. Pas le choix : les préparatifs étaient longs, il fallait bien les partager.

Des heures pour pêcher les grenouilles, des jours pour extraire un à un, du sac de jute plein, les corps lisses et gigotants. Parfois, un ventre et deux pattes vêtus d'un pyjama jaune et vert bondissaient dans le jardin, et j'ai couru plus d'une fois récupérer un monstre étêté... qu'il fallait ensuite vider, nettoyer, *déshabiller*, en tirant d'un seul coup, du col tranché jusqu'aux pattes, l'épaisse et brillante *grenouillère*. Restait encore à fariner, frire dans le beurre brûlant chaque paire de cuisses avec ail et persil...

On ne comptait pas son temps, on calculait serré le budget nourriture, on suivait scrupuleusement le rythme des saisons. Cuire des conserves lorsque tel produit *donnait* à profusion. Tomates, haricots, confitures, gelées, cornichons, fruits au sirop, à l'eau-de-vie, les bocaux se dégustaient au temps du repos hivernal de la terre. On évitait d'acheter. On cuisinait les restes. On tirait parti de tout.

Mes parents travaillant, à Lyon, dans une usine de *viandes et salaisons*, nous avions droit chaque année au long rituel de la fabrication du fromage de tête, le *svi* (sevis ? j'ignore l'orthographe de ce mot).

Il fallait désosser une tête de porc, la nettoyer, la cuire des heures dans un grand faitout avec sel, poivre, aromates, carottes, puis hacher patiemment la chair en minuscules morceaux avant de la verser avec son bouillon dans des bols alignés sur la table d'une remise sans chauffage où ils refroidissaient dans un étourdissant parfum.

Peu à peu, chaque bol se recouvrait d'une épaisse couche blanche qu'on raclait précautionneusement à la cuillère avant de démouler un dôme scintillant parfaitement formé. Nous le découpions en tranches, et mangions avec des pommes de terre en robe des champs ces petits chefs-d'œuvre mosaïqués composés des pièces de viande cannelle, roses, brunes, des croissants de carotte, des virgules de cartilages nacrés sertis dans la transparence de bronze pailleté. L'alliance de la gelée fraîche, goûteuse, et des pommes de terre brûlantes était le luxe de nos hivers. Il ne coûtait guère que le temps infini qu'on lui avait consacré.

Avant que les miracles du crédit foncier nous endettent vingt ans pour un F4 de carton-pâte, nous habitions dans le quartier de Monplaisir à Lyon, un rez-de-chaussée sans salle d'eau d'une maison appartenant à l'entreprise qui employait mes parents. Mon père en cultivait le jardin, un peu de sa Bresse natale au cœur de la ville. Il y consacrait tous ses loisirs, arrachés à la soixantaine d'heures par semaine de travail à l'usine.

Bêcher, sarcler, fumer, semer, planter : je connaissais le prix d'un haricot vert ou d'une tomate. Je n'ai jamais cru que les légumes sortaient des bacs du réfrigérateur ou des rayons de l'épicerie. Je les savais nés d'un long cycle respectable, et il était rigoureusement interdit de les gâcher. Gaspiller la nourriture était péché capital.

Aujourd'hui, je ne peux m'empêcher d'obéir à cette règle de morale. J'extirpe les joues sous les ouïes des poissons, rogne les croûtes de fromage, décortique, si elles se présentent, ce qui est de plus en plus rare, tête et pattes des poulets, mordille les cartilages tendres et satinés des volailles, suçote les petits os, aspire les moelles et frissonne d'épouvante devant nos poubelles débordantes de détritus.

L'abondance d'ordures est-elle proportionnelle au manque de subtilité gourmande ? Chez mes parents, les repas produisaient très peu de déchets. Aucun emballage compliqué. Accommodations des restes, des abats, utilisation des os pour les bouillons, du sang pour les boudins. Tout était recyclé, ou presque.

Ce cycle me fascinait. Lorsque, dans la perspective d'un festin notable, mon père rapportait une tête de veau (décidément, toutes ces années furent bercées par des visions d'animaux décapités), je le regardais la préparer pendant des heures en rêvassant au veau en train de gambader quelque part sans sa tête, comme les grenouilles après lesquelles j'avais couru. Je n'étais pas du tout triste pour le veau. Son destin le plus enviable était de finir dans mon assiette, paré d'une jolie sauce gribiche. On ne mange bien que ce qu'on aime, et on aime seulement ce qu'on est capable de manger. Des veaux dont la tête devenait festin, je chérissais en effet la soyeuse toison, les pattes tremblotantes, les gros yeux mouillés ombrés de longs cils. Dans la ferme de ma grand-mère, mes paumes leur offraient la bouillie dès qu'on les sevrait. Leur épaisse langue rose léchait alors mes doigts, leur gueule chaude et visqueuse engloutissait ma main jusqu'au poignet, la tétait avidement, à m'en faire presque mal. Je craignais parfois de disparaître dans cette cavité aspirante, mais je ne pensais qu'à recommencer tant le plaisir était puissant. Ce premier contact charnel, bouleversant, fut ma première découverte des mystères biologiques. Derrière la fourrure lisse, le museau velouté, la peau nacrée, la chair pâle, bouillaient des organes chauds et palpitants. Dans la nuit des corps flamboyaient des masses élastiques, douces, spongieuses... que j'avais touchées maintes fois en extirpant de poulets plumés une masse d'entrailles ensanglantées et gluantes, d'où dégoulinait fiel ou jaune d'œuf. Le spectacle de ces viscères chatoyants ne me dégoûtait pas, il était naturel.

Notre façon de cuisiner était loin de celle des émissions télévisées vantant l'assemblage d'ingrédients prêts à cuire. L'alchimie gastronomique que nous pratiquions partait du tout début du cycle.

Ce dont je me délectais naissait du sang, des entrailles, des égorgements et abattages dont j'étais témoin (le rouge giclant de la gorge du cochon saigné pour le boudin ou du cou du lapin pendu par sa fourrure à un crochet). Mourir et se nourrir étaient les deux extrémités d'un même cycle, et je pressentais qu'un jour ma plume irait chercher dans victimes et cadavres les mystères de chairs nourricières et amies.

Car les mots, tous les mots, étaient liés à la nourriture. Pas seulement la parole. L'écrit aussi.

Pour les membres de ma famille, lire servait uniquement à déchiffrer les menus des banquets, les cartes des restaurants ou les termes d'une recette. Mes parents, paysans exilés à la ville alors qu'ils étaient jeunes mariés, possédaient un seul livre : un gros livre de recettes à couverture rouge. *Si on veut s'en tirer, faut cuisiner, obligé, on va pas s'acheter du bifteck tous les jours, au prix où ça coûte,* disait ma mère en montrant sa bible gastronomique.

Les autres livres n'étaient pas pour mes parents dont le langage, mixture de patois et de français approximatif, où l'accent roulait ses tambours, était une soupe bien clairette et pas très nourrissante, mais quelle importance ? *C'est pas ça qui remplit l'estomac !* Le précepte paternel : *Vaut mieux faire plus que ce qu'on dit que dire plus que ce qu'on fait* résumait bien la façon de penser de ces paysans taiseux. Les mots n'étaient pas des messagers, mais des traîtres, *parler comme un livre* péché de vanité, *grimace de prétentieux.*

J'ai fait entrer les livres dans notre F4 avec les prix gagnés à l'école. J'ai alors vu le monde défiler derrière la fenêtre de notre appartement. Au-delà des marmites, il y avait donc un salut, un ailleurs, d'autres rêves à dévorer ?

Mon plus grand souvenir reste l'achat du dictionnaire. Tant de mots, de trésors, soudain, le monde à mes pieds, un festin de mots, dont l'incomparable saveur valait tous les banquets.

Cours élémentaire. Sujet de ma première rédaction : « Faites une description. » J'avais choisi de détailler les ingrédients d'une soupe de légumes... Reine des trois repas, matin, midi et soir, la soupe fut mon premier paysage, ma première évasion, mon premier personnage, couleurs, consistances, yeux du bouillon, cheveux du vermicelle, perles du tapioca...

À la soupe ! Façon, chez ma grand-mère, à la campagne, de dire *À table !* pour manger la *sope.* De légumes, verte au cresson, orange au potiron, grasse du pot-au-feu, froide et minimaliste des soirs d'été : des morceaux de pain sec arrosé d'un lait crémeux à température de cave, un lait qui faisait une grosse peau dès qu'on le laissait reposer. Oui, du lait et du pain, la *fraisée*, ça s'appelait, parce que ça faisait frais, ça vous requinquait les soirs d'été pleins de guêpes et d'odeurs de foins coupés.

À chaque saison sa soupe, celle à la tomate faite avec le coulis des bocaux épaissi à la farine, celle dans laquelle on jetait herbes des chemins, orties, fanes des carottes, et puis, la royale, qui contenait un gros morceau de lard salé, pas de malheureux petits lardons en barquette de supermarché, non, du lard, du vrai, charnu, au tendre feuilletage blanc, rose, pourpre. Ce régal !

J'ai abandonné le lard, mais gardé un goût immodéré pour la soupe. Divine comme la *sopa di pollo* savourée dans les Andes péruviennes, à Chavin, après des jours de camion pour franchir la Cordillère blanche. La soupe au pistou que Claude cuisine à la saison des cocos. La soupe au miso de l'ami Taka. La bouillabaisse de Mireille. Le gaspacho de Serge. La soupe orange-gingembre de Iolande, celle aux crevettes et à la citronnelle de M. Tranh, les listes, toujours, cette marotte lassante, agaçante, de dénombrer les bonnes choses, car on pourrait les oublier.

La soupe principale, chez ma grand-mère, était, elle, impossible à oublier. Faite de farine de maïs grillée : les gaudes. Bien de chez nous, rien qu'à nous, les gaudes avaient été inventées par nos ancêtres. Certains disaient que ce n'était pas à cause des Dombes de Bresse et de leurs moustiques qui nous avaient jadis donné la malaria, ni des grains de maïs qu'on trouvait dans le gésier omnivore de nos poulets (les meilleurs du monde), mais à cause de la couleur de notre soupe qu'on appelait les Bressans les *ventres jaunes.* Les mangeurs de maïs.

Pour fabriquer cette soupe, on utilisait le *truqui*, prononcé en roulant son *r*, trrrrruqui ! Ce mot patois désignait le maïs (blé d'Inde pour les Québécois !), importé du Nouveau Monde par les Espagnols au milieu du siècle de Louis XIV. Il était arrivé de l'étranger même, qui, pour les Bressans, n'était pas l'Amérique, mais la Turquie.

Plus tard, je découvrirai que, pour les

cultures d'Amérique centrale, l'homme était né du maïs, semence primordiale. Aujourd'hui encore, lorsque corn flakes ou tortillas croustillent dans ma bouche, que polenta ou tamales fondent sur ma langue, je suis transportée vers les plaines brumeuses de Bresse qu'ensoleillèrent autrefois les gaudes : je crois moi aussi au dieu maïs.

Leur nom venait bien sûr de la gaude, ce réséda utilisé en teinturerie pour obtenir la couleur jaune. D'ailleurs, nous les appréciions aussi pour leur ocre chaud qui évoquait la pulpe du soleil. Leur pluriel signifiait sans doute leur importance pour les Bressans qui avaient si souvent enduré la faim. Soupe, dessert ou plat de résistance, tant que les gaudes étaient là, ils craignaient moins de manquer.

Pour obtenir la farine à la base de leur préparation, il fallait griller dans le four à pain du *maïs au lait*, c'est-à-dire encore tendre, puis moudre les grains dorés à la meule la plus fine de l'impressionnant moulin qui enjambait la rivière en bas de la cour. Ce jour-là, la bâtisse de trois étages embaumait de délicats arômes de noisettes grillées, de pierre chaude et de feuilles sèches.

Récupéré dans un sac de toile, ce sable platine était délayé lentement dans une marmite avec l'eau tirée à la source qui jaillissait d'un tuyau fiché dans un rocher, au milieu de la ferme, jusqu'à ce que le mélange ait consistance liquide et couleur de couchant. Sur un feu doux, la pâte épaississait lentement, puis soupirait, bâillait. Dès qu'on était assez grand, on quémandait le droit de regarder cette lave bouillonner sous prétexte de la remuer.

Au dernier moment, il fallait ajouter une grosse cuillère du beurre de la ferme, un beurre au goût fort qui sentait l'étable et l'herbe fraîche, gravé des fleurs du moule en bois dans lequel il avait reposé. Ce morceau d'or tendre transpirait dans son papier translucide, comme s'il travaillait encore, vivant.

Quand l'assiette de gaudes fumait devant moi, je lui trouvais la beauté ronde et chaude du soleil. Mes joues baignaient dans cette savoureuse vapeur et je ne perdais rien du spectacle : imperceptiblement, la soupe figeait, formait une mince carapace un peu plus sombre, et, sur cette écorce fragile, on versait le lait de la traite du soir, épais, mousseux, parfumé. Sous cette froidure, la peau des gaudes durcissait en une croûte plus robuste, croquante.

La cuillère plongeait alors dans cette steppe dorée noyée de neige. Dans la bouche se mêlaient glacé, brûlant, liquide, compact, tendre, croustillant, et chaque cuillerée formait un nouveau paysage, redessinait des lacs blancs, des canyons sableux... C'était le plus beau des voyages. Pourtant, au cours élémentaire, pour cette toute première rédaction *décrire une soupe*, je n'ai pas osé choisir les gaudes, je me suis contentée d'une soupe de légumes. Carottes, oignons, poireaux, pommes de terre, tout y est passé, pas à la moulinette : en morceaux coupés fin, version minestrone. L'important était de détailler la liste. La soupe de mots comme de légumes, je connaissais bien.

Écrire a donc d'abord signifié décrire la soupe et sortir de la soupe du patois, pleine de *trucs* et de *machins*, pour dire une émotion, un sentiment. Je croyais, et j'ai cru longtemps, que seuls les livres parlaient de *ces choses-là*, et j'étais bien d'accord pour qu'ils volent à la nourriture sa place principale.

J'adorais l'école, car j'y plongeais dans l'écrit

(les cris, je visualise ce mot toujours de cette façon) qui devint mon plat préféré. Loin de ce bouillon cosmique, je m'ennuyais trop. Alors, le stylo a remplacé la fourchette, le clavier l'assiette, je me suis attablée, et je suis partie en voyage.

Désert

La Land Rover quitte la piste, roule entre cailloux et épineux. Les yeux braqués sur une frange de dunes ambrées par la lumière oblique, nous cherchons un lieu pour notre campement. Après quelques palabres, nous nous arrêtons près d'une flaque de sable rose à l'abri d'une crête rocheuse.

Aussitôt, le véhicule est déchargé pour les préparatifs du dîner avant la brutale tombée de la nuit qu'annonce le vent accompagnant la bascule du soleil dans un ciel qui s'orange, se turquoise.

De quelques coups de pelle, Brigitte creuse le sable, y couche des branchages, que l'allumette embrase et que rejoignent deux grosses bûches de bois rouge. J'y installe la marmite, fond tapissé d'un hachis d'oignons arrosé d'huile d'olive.

Jacques, lui, verse une fine semoule de blé dans une cuvette, Anne épluche oignons, navets, carottes, les taille en dés, et je sors d'un sac de jute cuisse et collier de mouton pour les découper. Assis en tailleur, Jacques pétrit la semoule dans la cuvette calée entre ses jambes, ajoutant petit à petit l'eau, le sel. Il modèle une boule solide et souple, la boxe, la cajole. Travailler la semoule est sans comparaison avec le pétrissage de la farine. Le plaisir est immédiat, l'amitié s'installe aussitôt entre la main et la graine. Pas de colle, pas de résistance. L'évidence rappelle bacs à sable et pâtés de plage.

Au-dessus des dunes tuilées, le ciel flambe d'un ocre éclatant qui cuivre nos visages, les adoucit. Je jette les cubes de mouton sur les oignons qui grésillent dans la marmite, Brigitte touille, ajoute les dés de légumes, une cuillère à café de ras el-anhout, une de poudre de cumin.

À cet instant, l'odeur nous fait saliver. La piste a été longue. Massés par le vent sec, nous avons, malgré la protection des chèches, avalé quantité de poussière, et bien lointain nous paraît le repas de midi – pois chiches, tomates, thon en boîte, assaisonnés de citron et de coriandre – mangé par grosses cuillerées à même la cuvette, qui constitue à la fois pétrin, plat, assiettes, table de tous nos pique-niques.

Jacques aplatit sa boule de pâte parfaitement lisse sur le fond de la cuvette pour former une galette bien ronde d'épaisseur régulière : la *tagella.*

À l'aide d'un bâton, Alain prélève des braises autour de la marmite pour en former un cercle large pour la galette. Un tas plus petit accueille la théière de métal rouge qui nous sert de bouilloire et qui chantonne quelques minutes plus tard. Brigitte verse en pluie le thé vert dans une seconde théière bleue, le rince avec l'eau frissonnante de la bouilloire en traçant dans l'air des cercles imaginaires, jette cette première infusion, fourre une grosse touffe de menthe sur le thé mouillé, recouvre d'eau chaude, ajoute un morceau de sucre candi.

Repoussant avec son bâton le cercle de braises, Alain dégage une zone de sable bouillant. Jacques y pose la galette immaculée, qu'il recouvre de sable, puis de braises. Ce four *reconstruit* chaque soir nous permet d'avoir, au cœur du désert, notre pain frais quotidien.

Pulls, vestes, lampes de poche à portée de main, nous nous asseyons autour du feu qui crépite. Marmite et théière ronronnent. Il fait presque nuit. Le feu nous éclaire davantage que le ciel. Anne salue Vénus, la première étoile.

Soulevant haut la théière, Brigitte verse le liquide brûlant en cascade jusqu'aux verres peints disposés sur un plateau métallique. Le thé gicle, mousse. Séquence apéritif. Dégustation silencieuse du premier thé, âpre, fort, presque mordant.

Alain tape avec son bâton sur le four de sable. Le bruit produit ne lui convient pas encore. C'est la pause. Nous parlons peu. Les arômes du ragoût en train de cuire nous picotent l'estomac. Le deuxième thé est plus clair, plus doux.

Au troisième thé, Brigitte touille la marmite, goûte, rajoute une pincée de sel. Alain tape à nouveau sur le four de sable sur lequel grisonnent les braises. Cette fois, le bruit lui convient. Le bâton éjecte de sa couverture de sable la tagella odorante et dorée. Sur sa croûte épaisse danse une fresque brune dessinée par les braises à travers le sable.

J'attrape la galette brûlante dans un torchon, la tapote pour lui faire sa toilette. Ainsi épousseté, le pain ne garde pas le moindre grain de sable, cela tient chaque fois du miracle !

Les mains toujours protégées par le torchon, je casse la galette en deux. La mie fume dans l'air frais. Je mets de côté une moitié dans un sac de toile. Grillée sur les braises qui chaufferont l'eau de notre thé du matin, elle sera le délice de notre petit déjeuner.

Je partage l'autre moitié, laisse les deux parts tomber dans la cuvette, les reprends, les romps à nouveau... Effectuer cette tâche sans se brûler demande une concentration qui n'empêche pas de saliver.

La mise en pièces prend fin lorsque les morceaux ont la taille des dés de légumes et de mouton. Un Touareg nous a expliqué que chaque cuillerée devait proposer viande, tagella, sauce et un *représentant* de chaque légume. Nous n'avons pas mis cette parole en doute, elle paraissait sage.

Sur ces petites bouchées de semoule, Brigitte

verse le ragoût, y ajoute un gros cube de beurre de chèvre, remue pour mêler le tout.

Séquence festin. Assis en tailleur autour de la *cuvette-plat-table-assiette*, nous plongeons nos cuillères dans ce régal. Galette tendre et croustillante, viande et légumes moelleux, sauce onctueuse. Sous la Voie lactée, notre campement mérite d'innombrables étoiles.

Consistance

Chaque 29 février, donc tous les quatre ans, une coutume datant du XIXe siècle se perpétue dans les villages de la vallée du Sud. Ce jour-là, des banquets se tiennent dans des pièces sans fenêtres, éclairées par de rares bougies. Le convive doit à peine discerner les mets qu'on lui présente et être affublé d'un pince-nez qui le prive d'odorat et donc d'une bonne part de ses facultés gustatives. Le but probable de ces agapes est de fixer le plaisir de la nourriture sur le *squelette du goût* : la consistance.

Ces banquets obscurs proposent souvent des aspics en hors-d'œuvre. Leur gelée s'évanouit dans la bouche que surprennent le croquant d'une rondelle de cornichon et le velouté d'un dé de foie gras alors que crève, onctueuse, la poche liquide des œufs mollets.

En plat principal, la tête de veau est très

appréciée. Fermeté des cartilages, moelleux des couennes et de la viande plus que cuite forment une attrayante trilogie.

Les canards laqués, enduits patiemment par couches successives d'apprêt pékinois, et dont le gras est méticuleusement aspiré, rencontrent aussi un grand succès. Peau craquante et chair voluptueuse se mêlent dans une même bouchée pour conduire certains convives à l'extase.

Quelques amateurs aiment grignoter des pattes de poulets bien grillées, s'amusent les dents sur les tendons, lapent les petits os, en rompent quelques-uns entre leurs molaires.

Les légumes nouveaux, cueillis au jardin le matin même, sont cuits *al dente* à la vapeur. Les minuscules pommes de terre sont saisies avec leur peau à peine formée dans une graisse de canard brûlante qui emprisonne leur pulpe dans une armure croustillante.

Un assortiment de pains sortant du four accompagne les plats. Pains denses et compacts mêlant l'épeautre et la châtaigne, où croquent pignons et graines de tournesol, pains souples à la mie légère dont la croûte se brise en mille miettes crissantes.

En dessert, d'aériennes meringues côtoient

des caramels au beurre qui consentent leur dernier soupir sucré après une longue mastication, et les figues encore tièdes de soleil sont servies avec des noix mondées dont la chair garde une verdeur lactée.

Le plaisant contraste entre le chocolat chaud, à peine figé, la glace vanillée bien prise et la pâte fine des profiteroles cède souvent la place aux crèmes brûlées, applaudies pour le mariage en bouche de leur riche texture et de leur solide coque de caramel. Elles sont accompagnées de tuiles aux amandes qui disputent aux palets de chocolat le record de finesse. La façon dont les uns et les autres cèdent sous le couperet des incisives est proprement inoubliable.

Pour finir, à la place des habituels cafés et liqueurs, une grande variété de fruits est présentée aux convives. Sucrés et juteux, ils sont croqués à belles dents, corps et âme, grumes et pulpes intactes, pour que soit pleinement appréciée leur nature ferme ou fondante, moelleuse ou veloutée. Sont proscrits les nectars, jus, sorbets, ces hachis étant gâchis de fruits, anéantissement d'un trésor, d'un monde entier de totale volupté.

Table

L'homme souffre de troubles gastriques graves. Les divers examens n'ayant révélé aucune lésion, le spécialiste lui a recommandé une psychothérapie.

Cet amoureux de la nature a, pendant quinze ans, habité en Ardèche une minuscule maison perdue dans la garrigue. Son travail l'a obligé à regagner une grande ville où ses soucis digestifs ont commencé.

Au bout de trois mois d'entretiens, il reconnaît qu'il ne s'attablait jamais en Ardèche. La seule table de la maison était son bureau. Il mangeait sur un bord de fenêtre, dans son lit et, si le temps le permettait, pique-niquait dans la campagne.

Volubile et joyeux, il me décrit son bonheur, lorsque, perché sur un rocher ou assis au milieu d'un pré, il étalait une serviette sur l'herbe pour y installer son repas face à un paysage illimité. Tout ce qu'il contemplait lui appartenait et il en jouissait : des hectares de forêts, des dizaines de jardins, de terrasses...

Ce nomadisme alimentaire stimulait sa créativité culinaire. Il préparait, en portions bien dosées, des repas élaborés qu'il disposait méticuleusement dans des glacières, thermos, sachets hermétiques, gamelles. Du hors-d'œuvre au dessert, rien ne manquait.

La séance suivante, il ressuscite les souvenirs désastreux des grandes tablées de son enfance, des disputes qui éclataient au cours des repas interminables et pleins de vacarme, des horribles cris de sa mère, de ses tantes, de ses grand-mères hurlant le rituel *À table !*

Il quitte mon cabinet comme délivré. Le lendemain, il appelle ma secrétaire et la prévient qu'il renonce à nos entretiens.

Hier, en passant devant la vitrine d'un libraire, j'ai remarqué son nom sur la couverture d'un livre : *Éloge du pique-nique.*

Voyage

Le vieux Malais enfonça l'ongle de son pouce dans l'armure cramoisie d'un rambutan à la douceur de peluche, en écarta la partie supérieure et me proposa, tel un œuf dans son coquetier, un petit globe brillant, légèrement nacré. La chair au goût de lychee et de reinette me fit aussitôt oublier l'extravagant pullulement du marché chinois de Singapour, les vieilles qui plumaient des poules ébouillantées dans des centrifugeuses, les hindous qui découpaient les pythons de Bornéo et les grenouilles géantes de Sumatra.

Devant son édifice de fruits méticuleusement rangés, l'homme me vantait les mangoustans, sortes de petites aubergines rondes et violacées, et les salas dont la peau écailleuse cachait une fermeté de carotte et une saveur de miel. J'en choisis quelques-uns. Les durians me tentaient aussi. Je me rappelais leur consistance crémeuse de fromage bien fait, leur goût si riche qu'il semblait désobéir au règne végétal. Mais il était interdit de transporter ces fruits dans les avions et les hôtels car ils empestaient trop. Ne sachant que faire, je me retournai pour demander l'avis de Lara... elle n'était plus là ! Je me mis à courir à sa recherche en tirant mon caddie dans le grouillement du marché.

À bout de souffle, j'arrêtai ma course et marchai longtemps avant de me retrouver, au centre de Louhans, au milieu des étals de légumes de la belle rue aux arcades dont les restaurants affichaient en plat du jour la traditionnelle tête de veau. Je demandai à un maraîcher trois magnifiques tomates cœur de bœuf dont l'épiderme lisse tirait sur le vieux rose, une livre de crosnes et une de salsifis : je n'en avais pas mangé depuis une éternité.

En bas, au bord de la Seille, des volailles aux plumages éblouissants s'exhibaient dans des cages, et des banques réfrigérées proposaient des poulets prêts à cuire, aux yeux écarquillés, à l'épaisse crête rouge bien rangée sur leur poitrail. Leurs longues cuisses de sportif et leurs pattes bleutées indiquaient à coup sûr une viande ferme et goûteuse. J'en choisis un pas trop gros et désignai au vendeur un saucisson de Lyon, dont la peau fine laissait voir ses inclusions de truffes et de pistaches.

Un peu plus loin, je crus voir Lara et repris ma course, que j'abandonnai, dépité, pour entrer dans la gare où attendait une *micheline* d'un autre âge dans laquelle je grimpai pour m'assoupir presque aussitôt, bercé par les cahots.

À mon réveil, il faisait beaucoup plus frais, et nous roulions à faible allure, perdus dans un paysage infini de montagnes sèches. Pendant des heures, nous avons avancé puis reculé afin de grimper les côtes abruptes, le long de précipices impressionnants, et les montagnes désertes succédaient aux déserts de montagne.

Au bout de sept ou huit heures, près de défaillir, je dus prendre de la coramine-glucose. Je compris pourquoi : *altitude 4 800 mètres*, indiquait un panneau. Un petit homme à la peau foncée m'expliqua que nous nous dirigions vers Huancayo, au Pérou.

Nous arrivâmes une heure plus tard dans ce bourg entièrement occupé par le marché. D'un côté, les tissus éclatants de coton et d'alpaga, les poteries et calebasses gravées, de l'autre, le marché alimentaire où je dévorai une brochette de bœuf nappée de sauce pimentée, pendant que des Indiens mangeaient de petits rillons de porc frits.

Aucune trace de Lara. Je longeais les étals sans me laisser tenter. Même pas par les maracujas au goût d'orange et de mangue, les gros avocats denses et moelleux vendus un prix dérisoire car ils servaient de nourriture aux cochons, les pommes de terre à peau fine, jaune, rose, bleue, les meilleures du monde.

Lara et moi nous étions tant promenés ensemble en Afrique, en Asie, aucun marché ne valait sans elle. Elle voulait toujours tout goûter, chiens, serpents, chenilles, et raffolait des sauterelles frites auxquelles elle accordait la succulence des crevettes.

Je ne devais pas m'inquiéter, je l'avais déjà perdue autrefois à Bombay, au marché aux épices. Nous nous étions retrouvés à Cochin devant les grandes balles de feuilles de bétel, dont Lara était friande : comme d'autres boiraient du café, elle les mastiquait, à l'indienne, avec de la noix d'arec et un peu de chaux.

Elle allait réapparaître derrière un étal, j'en étais sûr, et tapoter mon épaule. Les marchés constituaient notre territoire amoureux. Nous nous étions rencontrés des années plus tôt au marché de Palerme, sans imaginer que nous nous retrouverions quelques semaines plus tard, à Venise, près du Rialto, sous les ferrures de la halle aux poissons, devant les scintillements roses et mauves des rascasses et des rougets.

Depuis, nous ne nous étions plus quittés, jusqu'à ce jour, où, oppressé par l'altitude et l'air sec des Andes, j'étais seul et perdu sans ma compagne au milieu de ponchos colorés qui dansaient sous les chapeaux noirs des Péruviens.

Mon moral atteignit son point le plus bas lorsque je posai quelques tamales et frijoles sur mon caddie plein. J'eus du mal à le hisser, tant il était lourd, dans une vieille camionnette barbouillée d'inscriptions colorées que j'échangeai, après des heures de pistes montagneuses, contre un autobus à l'entrée d'un bourg verdoyant.

J'en descendis longtemps plus tard, éreinté, pour acheter à la marchande de fromages de chèvre que je visitais toujours en premier lieu lorsque je me trouvais au marché de Nyons, en

Provence, trois faisselles du jour et deux picodons crémeux.

Puis je demandai à une fermière qui vendait des haricots verts et des fraises de son jardin, une douzaine de gros œufs que nous pourrions déguster à la coque.

Alors qu'on me servait, sur la place aux Arcades toute proche, des olives au naturel qui n'avaient pas connu le long anéantissement par la saumure, la marchande tint à me faire goûter l'huile de Nyons d'appellation d'origine contrôlée, dans laquelle je devais discerner des arômes d'amandes sèches et même vaguement, cette année-là, de pâtisserie. Je trempais mes lèvres dans cet élixir lorsque Lara s'avança vers moi en faisant la moue :

— J'ai faim !

En riant, je lui montrai panier et caddie débordants :

— Ça devrait pouvoir s'arranger !

Vin

> « Pour les aliments inconnus, le nez fait toujours fonction de sentinelle avancée, qui crie : Qui va là ? »
>
> Anthelme BRILLAT-SAVARIN

L'air électroniquement désodorisé et climatisé de la salle voûtée fleurait le beurre frais. Idiot. Ça commençait mal. Jane ne parvenait pas à se concentrer. Les dégustations à l'aveugle n'étaient pas son fort, les examens lui donnaient toujours une vague envie de rater : elle aimait trop mater. Se calmer. Ne penser qu'à son palais et à son nez. S'en tenir quelques minutes à cette réduction-là.

La mère Jalot s'approcha, coiffée comme

une speakerine télé à l'époque où il y en avait encore, la bouche peinte d'un rouge à lèvres sans doute assorti à son poisson rouge. Pendant qu'elle lui bandait les yeux, Jane chercha son odeur. Malgré ses efforts et sa conscience professionnelle, la blonde exhalait un discret effluve de savonnette. Amande douce et chèvrefeuille. Il y avait faute. Ne pas y penser. Respirer.

Dès qu'elle entendit le gargouillis du vin qu'on versait devant elle, Jane imagina un rouge tenant du sang frais. Une bonne luminance... Rubis, peut-être ?

Les premières molécules volatiles lui parvinrent, lointaines encore. Assez aromatiques. Plutôt fines. Florales. Elle hésita. Deux jours plus tôt, elle avait mangé des beignets d'acacia chez Boualem. Des grappes de fleurs cueillies au printemps précédent et conservées dans une boîte métallique. Boualem les avait cuites dans une pâte légère de *tempura* japonais, une merveille de délicatesse et de raffinement...

Ne pas y penser. Respirer.

La main de la blonde guida la sienne jusqu'au verre. Jane l'approcha de son visage précautionneusement. Ne pas manquer les premières sensations. Les accueillir. Oublier l'acacia.

Elle huma. La sensation n'était plus florale. Fruitée plutôt. Cerise. Qui dit cerise dit bourgogne... Elle fit tourner le verre. Une subtile pointe d'acidité s'échappa. Elle se lança :

— Parfum aromatique agréable, élégant, une tonalité de noyau de cerise...

Elle n'avait pas bu assez d'eau la veille, ses sinus et son arrière-gorge souffraient d'une légère irritation.

— Note subtile de coing.

Elle l'avait dit. Tant pis. Elle n'était pas sûre. Elle prit son temps. Ne pas se précipiter. Bourgogne. Pinot noir... pourquoi s'embêter avec ces étiquettes, on lui demandait d'exprimer ses sensations. Seule comptait la précision de son vocabulaire. Ne pas penser à autre chose. Respirer. Son avenir ne dépendait pas de cet examen. Même pas son année à l'université du vin, puisque son mémoire sur le phylloxéra avait cassé la baraque et suffisait à... Elle s'égarait. Inspirer.

Arôme lacté... L'idée de beurre frais revenait.

La taire. Elle hésita. Beurre frais avec pointe de noisette à peine mûre ? C'était plausible après tout. Vin fin destiné au vieillissement en train d'élaborer son bouquet... non ! Oublier le beurre frais.

Elle fit à nouveau tourner le verre, lentement. C'était un bon vin. Sûr. Un vin de garde.

— Un vin loyal, sans défaut apparent d'oxydation ou de réduction.

Elle aurait pu dire qu'il exprimait un discret arôme de truffe, mais non, il ne fallait pas papillonner.

L'aération révélait un caractère très fin de thé. Un grand vin rouge conservé longtemps en bouteille ? Peu importait, on se foutait de ça !

Elle tourna encore le verre, le chauffa dans ses paumes pour faire monter les arômes. Cette fois, elle prit son temps.

— Très agréable parfum de thé.

Elle tenait un fil, pouvait le suivre.

Elle porta le liquide à ses lèvres, le fit rouler dans sa bouche. Légère déception.

Était-elle allée trop vite ? Ce vin était trop

puissant pour son goût, mais son goût n'était pas questionné. Elle choisit de tempérer :

— Coulant et généreux...

Oui, elle ne s'était pas trompée. Elle cracha. La sensation restait agréable. Une bonne persistance aromatique.

— Fin de bouche longue.

Elle flaira le verre vide. La pellicule de vin restée au contact de la paroi de verre révélait un arôme particulier, précieux indicateur du devenir olfactif du nectar.

— Combien de caudalies ?

Le piège. Chiffrer, Jane n'aimait pas. Elle se concentra. La sensation agréable durait.

— Onze...

Onze secondes. Elle tombait dans les grands crus. Un bourgogne rouge flamboyant. Dix ans d'âge... Quand cesserait-elle de se tromper de question ? Donner un jugement d'ensemble suffirait. Elle se lança :

— Un équilibre étoffé.

Elle pensait à un mercurey à la robe dense et violacée.

— ... très harmonieux.

— Pas mal !

Quand la mère Jalot lui ôta son bandeau,

Jane resta saisie devant le verre de liquide ambré, entre paille et miel. Un vin blanc ! Elle était décidément incorrigible !

— C'était parfait, mademoiselle. Je note que vous avez fait de réels progrès.

Zen

Après la seconde méditation assise *(zazen)*, l'emploi du temps prévoit chaque matin trois heures de travail manuel, ménage, jardinage, secrétariat, cuisine, tâches exécutées sans bavardages (le caractère japonais *zen* signifie méditation silencieuse). Au cours de ce stage, on doit porter autant d'attention à éplucher des pommes de terre qu'à se tenir immobile sur son coussin en demi-lotus. C'est le principe fondamental enseigné ici : *tout ce qui mérite d'être fait mérite d'être bien fait.*

Les responsables du centre repèrent vite Simon : peu bavard, cuisinier correct, un bon sens de l'organisation, il sera *tenzo*, responsable de cuisine lors de ses séjours dans ce centre zen ardéchois. Préparer une nourriture végétarienne pour vingt à trente personnes en se faisant aider par quatre ou cinq inconnus est une aventure singulière : Simon apprend à cuisiner une seconde fois (la première fois, c'était avec sa mère).

Il croyait aimer les légumes, il les découvre. Forcément, ils jouent tous les rôles. Simon tombe en amour avec les bettes, côtes et feuilles cuites *al dente* à l'étouffée avec une pointe de curry. Dans sa famille, on a toujours jeté les feuilles, quelle bêtise ! Il avait quelques préjugés contre l'aubergine ? Il l'apprivoise, la découpe finement en gardant la peau violette qui donne à sa chair une tonique amertume. Il prépare la betterave crue en salade, la tige de brocoli en purée, ne confond plus le haricot sec coco avec l'aduki, le flageolet avec le tarbais. Il distingue le potiron de la citrouille, le potimarron du giraumon, a la révélation de la patate douce, de la pousse de soja, du mange-tout, se passionne pour les salades, toutes les salades : les délicates, les amères, les goûteuses, les croquantes, les sucrées. La richesse du monde végétal comestible est sans fin, il n'en fera pas le tour, mais ne finira plus d'y naviguer.

Ingrédients et savoir-faire japonais entrent dans ses habitudes. Il apprend à lier soupes et potages sans beurre ni farine avec le tofu soyeux, à couper les aliments, non pas avec quatre doigts et sur son pouce, au-dessus de la casserole, en équilibre sur un pied, mais confortablement installé avec un bon couteau devant une grande planche. Il évite le gaspillage, utilise tiges et queues, gratte les légumes bio qui n'ont aucun besoin d'être pelés. Qui n'a jamais constaté la différence de goût entre une carotte grattée et une carotte épluchée est un piètre gourmet. Pourquoi jeter le meilleur ? Simplement parce que *ça se fait comme ça* ?

Il s'applique à prévoir la juste quantité. Rien ne reviendra d'ailleurs en cuisine, juste les plats vidés, aucune autre vaisselle. Chaque convive mange dans trois bols de différentes tailles et, quand il a fini, verse de l'infusion dans le plus petit bol, le lave ainsi que ses couverts avec ce liquide chaud, transvase l'infusion un peu graisseuse dans le deuxième bol, recommence le nettoyage. Même chose pour le plus grand bol. Puis il boit l'infusion. Cela paraît choquant, c'est une grâce : ne pas laisser de souillures derrière soi. Les bols sont ensuite empilés, rangés avec les couverts dans la serviette judicieusement pliée. Cela semble vite évident. Simple. Et délicieux.

Pour cela, il faut que l'infusion soit bonne. Une surprise à chaque repas. Le choix est infini. Sauge, verveine, thym, menthe, aubépine, tilleul, fleur d'oranger, citronnelle. Simon apprend à les doser, raffole du mélange bruyère-lavande-romarin, rose, bleu, vert, désaltérant, rafraîchissant, boisé.

Ses coéquipiers réservent au tenzo quelques surprises : cet exercice culinaire particulier les révèle. Tel célibataire qui n'a jamais cuisiné se montre calme, efficace, inventif. Capable de concentration. Son travail est précieux. En revanche, telle femme au foyer, soi-disant cuisinière hors pair, victime de l'éternel *ça se fait comme ça*, s'avère épuisante : elle décrit à voix haute chacun de ses gestes. Mal à l'aise, nerveuse, elle se coupe, se brûle, ne peut s'adapter au changement, signe qu'elle aura beaucoup de mal à trouver un peu de sérénité sur son coussin et restera dans un angoissant ressassement, livrée aux douleurs du dos, des genoux...

Vingt ans plus tard, Simon a abandonné le zazen. Pas tout à fait. Certes, il utilise un lave-vaisselle, dresse de jolies tables, sert du bon vin à ses invités, mais, dans sa cuisine, planches et bons couteaux ont une place de choix. Pas réellement fin cordon-bleu, il cuisine rapidement des plats savoureux, très simples, où viandes, volailles ou poissons sont plutôt accompagnements des légumes. Ses amis le regardent œuvrer derrière le bar qui sépare sa cuisine des quatre mètres carrés du salon-salle à manger : il est calme, concentré, silencieux, précis, entièrement présent à ce qu'il fait. Zen.

Chocolat

Consuela mord le pain brun foncé, presque violacé, sorte d'argile modelée à la forme d'une grosse papaye par des doigts qui y ont imprimé leurs traces. Le goût âcre, fort, cuisant, est une énergie pure.

Depuis le temps d'avant ses souvenirs, la jeune femme connaît le chocolat. Elle cueille les cabosses cachées sous les longues feuilles des cacaoyers, fait sécher les fèves au soleil avant qu'elles soient rôties, concassées, dégermées, moulues. Elle se saoule des arômes du cacao, vole des restes de grué, les engloutis, lèche ses doigts maculés. En compagnie des autres femmes, elle malaxe la poudre avec l'eau de la source pour obtenir une drogue puissante dont la force métallique éveille, ouvre les fenêtres.

En mordant les pains de chocolat de Saint-Domingue, Consuela triomphe. La vigueur brute de ces lingots, les Occidentaux l'ignorent. Ils n'en connaissent que les fantômes pâles et sucrés, mièvres sucreries aux arômes amoindris, sans véritable goût.

Du chocolat au poivre rose ! Simon en rêve depuis qu'un ami suisse lui a vanté la saveur incomparable de ce chocolat fabriqué en Belgique. Il a couru les confiseurs à Paris, à Nice, n'a pas trouvé la merveille.

Un voyage d'affaires à Anvers lui laisse quelques espoirs : la ville compte davantage de chocolatiers que de diamantaires ! Il passe son temps libre dans les boutiques spécialisées et s'apprête à repartir bredouille, lorsqu'il entre dans une confiserie en face de la gare. Cette fois, le confiseur hoche la tête et extirpe de ses rayonnages une sorte de blague à tabac plastifiée. Déception ! Il s'agit sans doute de cacao en poudre. Raphaël paie sans sourciller.

Dehors, il ouvre la pochette : à l'intérieur d'un papier blanc, une tablette d'un acajou dense et foncé. Modeste, sans attrait. Dépité, il en détache une part, la croque. Elle se brise délicieusement sous la dent, sa texture fine fond sans s'empâter, l'arôme corsé de cacao a une profondeur veloutée... lorsque s'amorce le pétillement du poivre, joyeux chatouillis qui picote le palais, égaie la saveur première, Raphaël fait volte-face, entre dans la boutique en brandissant son trésor : « J'achète tout votre stock ! »

Exotique

Ils vivent deux mois sur un banc de sable posé sur la mer. Vu des airs, leur territoire ressemble à un œuf au plat. Le jaune de l'œuf est vert : la forêt de cocotiers. Le blanc : le sable clair, presque de la farine. La poêle : le lagon transparent. La plaque de cuisson : un des atolls de l'archipel.

Ils se nourrissent de poisson très frais, péché chaque jour dans le lagon, à la palangrotte, depuis une barque, ou en plongée avec tuba, en apnée, près du *tombant* de la barrière de corail, où le turquoise pâle devient bleu dur, au-dessus d'un à-pic profond de dizaines de mètres. Ils le cuisent au bouillon additionné d'eau de mer, le grillent sur des braises d'écorces de noix de coco. Ils aiment la chair dense et saignante de la bonite, petit thon dont la peau est un bijou d'argent et de lapis, le goût délicat des daurades et des carangues, les saveurs iodées de poissons rouges, verts, bleus, les langoustes attrapées à la main dans les trous du corail et rapidement rougies sur les braises : en s'offrant leur tendresse lactée et leur consistance d'écume, ils croient *manger la mer.*

À la tombée du jour, ils assistent au spectacle de la *chasse* qui éclabousse la surface immobile du lagon reflétant le fruité du couchant : les plus gros poissons poursuivent de plus petits qui jaillissent hors de l'eau pour leur échapper. Ça gicle et clapote partout comme d'un aquarium. Lorsque, pour la baignade, ils mettent les pieds dans l'eau, des dizaines de queues argentées s'exclament, font trois petits tours et puis s'en vont.

Leur familiarité avec ce qui finit dans leur assiette est façon de se sentir chez eux et ils s'imaginent paysans se nourrissant des animaux de leur ferme.

Le riz est ordinaire, pas un luxueux riz parfumé, basmati ou sauvage. Il faut le trier avec soin, car il n'est pas toujours exempt de graviers. Ibrahim confectionne avec de la farine de blé ou de riz des galettes fines semblables aux chapatis indiens, sur lesquelles ils étalent un mélange de noix de coco râpée, de miettes de poisson séché arrosé de jus de citron vert, de ciselures d'oignons rouges et de piments verts (les seuls légumes), d'une persillade de la petite herbe qu'Ibrahim ramasse près de la plage, au pied des arbustes qui bordent les sables. Son goût un peu acidulé tient de la ciboulette, de la citronnelle, du cerfeuil.

Ils boivent modérément, car l'air humide est de la même température que l'eau, à peine plus fraîche que leurs corps. Ils ne souffrent ni de chaleur ni de froid. Ils s'ouvrent à cette douceur.

L'eau, bouillie puis infusée de thé, additionnée de citron vert ou d'eau de fleurs d'oranger, est bue tiède car ils n'ont ni réfrigérateur ni électricité. Ni vaisselle à proprement parler. Ibrahim possède une machette. Les rares cuillères, gobelets, assiettes dont ils disposent, d'un gris doux et brumeux, ont été patiemment martelés dans des canettes arrachées aux ordures de l'île capitale.

Pas d'alcool. De temps à autre, pour fêter une visite, un peu de vin de palme douceâtre et acide auquel ils ne tiennent pas.

Un bateau apporte chaque semaine un régime de minuscules bananes qu'ils enfouissent sous le sable pour le laisser mûrir. Ils en mangent les fruits lorsque leur pelure safran se tigre de brun pour indiquer qu'ils sont bien fondants et sucrés. Les mangues sauvages sont particulièrement douces et parfumées.

Les papayes, dont l'écorce a les couleurs d'un plumage de perroquet, sont de toutes tailles. Leur chair orange vif a l'onctuosité d'une crème et des arômes de roses anciennes. Des centaines de billes brillantes couvent dans leurs entrailles, gros caviar qu'ils donnent aux oiseaux. Ils les mangent après avoir glissé dans leur ventre quelques gouttes de citron vert et une cuillerée de miel de coco.

Dans cet archipel aux deux mille îles, flaques de sable posées sur l'eau sans terre, sans carrières, sans routes, sans champs, sans montagnes, le miel de coco est leur seule douceur. Ce sirop roux, fabriqué à partir du jus des jeunes palmes incisées recueilli dans un récipient, bout longtemps avant d'avoir la consistance fluide et poisseuse du miel. Ils en emportent parfois un flacon vers leur campement de nuit, y plongent leurs doigts qu'ils lèchent en guettant les étoiles filantes, allongés sur leur matelas, les yeux perdus dans la Voie lactée.

Ibrahim ajoute avant cuisson ce miel savoureux aux gâteaux qu'il confectionne, rarement, car les poules minuscules de l'île pondent peu et il est interdit d'utiliser les œufs que les tortues enfouissent sous le sable. Ces sortes de quatre-quarts moelleux et odorants contiennent du lait de coco, qu'Ibrahim passe des heures à obtenir : assis sur un tabouret bas, il râpe la noix de coco mûre, la presse ensuite dans un linge pour en extirper un liquide crémeux.

Le cocotier fournit ses palmes pour les toits, l'écorce de ses noix pour les cordages auxquels sont suspendus lits, bancs, chaises, ses troncs pour les bateaux et la structure des murs de corail brûlé, d'un blanc perlé, qui sert ici de pisé et de chaux. Les noix fraîches, décalottées à la machette, sont bues à même la coquille, puis fendues. Ibrahim prélève alors dans leur calotte une petite raclette qu'ils utilisent comme cuillère pour savourer le givre translucide, nacré, velouté, qui en tapisse l'écorce. Souvent, ils grignotent des virgules croquantes de noix mûre qu'ils appellent les bonbons de l'île. Pour la cuisine, l'huile de coco bien sûr, dont ils se pommadent corps et cheveux après s'être lavés avec un peu d'eau douce prélevée au puits dans une boîte de conserve liée à un long bâton.

Ils n'ont ni moutarde ni ketchup, ni endroit où les acheter. Le seul condiment : la sauce de poisson séché, fermentation consistante et salée dont ils parsèment le riz et les galettes. Ils n'ont ni pain ni café ni viande ni vin ni bière ni crème ni beurre ni lait ni fromages ni chocolat ni confitures ni biscuits ni pizzas ni charcuterie, ni endroit où les acheter, mais, en pensant aux supermarchés débordant d'emballages compliqués contenant tant de nourritures apprêtées et insipides, ils se disent que leurs amis et parents restés en Europe ont plus que tout et manquent de beaucoup.

Dimanche

18 *ter* rue Villon. L'inspecteur entra dans un de ces immeubles qui avaient poussé comme mauvaise herbe dans les terrains vagues des années cinquante, F2 F3 F4 désignant les cellules de ces cages à lapins avec ascenseurs et balcons, tous sortis d'un même déficit imaginaire. Il faisait frais et humide dans la cage d'escalier peinte en jaune.

Au sixième étage, il vérifia le nom apposé sur la porte juste au-dessous du judas et sonna. Des pas de souris, une ombre derrière l'œilleton, un bruit de verrou. La mère ouvrit, chaussée de pantoufles en raphia, vêtue d'un tablier à fleurs sur chemisier rose, d'une jupe droite de Tergal gris.

Le flic fut aussitôt submergé par les odeurs venant de la cuisine. Au fond du couloir et sur le mur de droite, une enfilade de portes peintes en faux bois. Contre le mur de gauche, sur un poêle à mazout en faïence brune trônait un saladier empli de pommes fripées et d'oranges.

La mère salua l'officier de police et s'excusa avant de se précipiter vers la cuisine. Il la suivit. Sur la gazinière, une Cocote-Minute sifflait sans essayer de mettre le ton. Posé sur une huche à pain décorée de fer forgé, un transistor Blaupunkt diffusait les pronostics hippiques de Maurice Bernardet. La mère s'excusa pour son mari qui *faisait son tiercé sur la place.* Elle aimait s'excuser. Une marotte ?

Un chauffe-eau à gaz surplombait le carrelage blanc autour de l'évier. Au-dessus d'un grand réfrigérateur brillaient des placards en Formica. Un rideau en Rhovyl pendait à la fenêtre embuée. Le flic se demanda si, dehors, il continuait à pleuvoir.

La mère sortit un plat du four, la main enveloppée d'un torchon. À vue de nez, c'était une viande dont le flic entendait le jus crépiter. Il en eut l'eau à la bouche. Il avança d'un pas pour mieux discerner l'affaire et reconnut une épaule d'agneau grillée, probablement enduite avant cuisson de moutarde et de thym. Dans le jus de miel sombre siestaient des gousses d'ail en chemise. La mère arrosa le rôti de ce suc un peu rosi par endroits.

— La gamine fait ses devoirs dans sa chambre, elle expliqua.

Cette fois, elle ne s'excusa pas.

Parsemées d'un hachis d'ail et de persil, des pommes de terre sautées grésillaient dans une grande poêle noire. L'inspecteur prit un chewing-gum à la cannelle dans la poche de son imper et le plia dans sa bouche pour oublier son envie de fumer. Il imaginait le père, la mère et la fille en train de manger à la table de Formica, où les attendaient une couronne de pain fariné et une bouteille de vin rouge entamée, soigneusement refermée avec sa capsule en plastique. Du Cep Vermeil. Du onze.

La mère coupa le feu sous la Cocotte-Minute, la posa sur l'évier sous un filet d'eau froide. Le sifflement se tut aussitôt. Elle déverrouilla le couvercle. Dans le panier métallique fumaient des tronçons de légumes d'un vert grisâtre. Quelque chose de la côte de bette, mais ça n'en était pas. Leur parfum évoquait l'artichaut et le salsifis... des cardons ! Une perle de la gastronomie végétale, de la famille de l'artichaut. Leur préparation, longue, laissait des traces : la mère avait effectivement le bout des doigts taché.

Il essaya de situer la scène. Ça devait être le printemps. Avril. Pas plus tard, car il faisait frais. Pas plus tôt, puisque le poêle à mazout était éteint.

Il s'approcha de la fenêtre, souleva le rideau de Rhovyl, effaça de deux doigts un rectangle de buée. Dehors, il pleuvassait sur un immeuble identique à celui dans lequel il se trouvait, avec ses balcons et ses géraniums. Les deux constructions engendrées par un sous-doué de l'architecture étaient séparées par une courette plantée de thuyas et agrémentée d'un bac à sable.

Au loin, sur la colline, veillait Notre-Dame de Fourvière. L'inspecteur n'avait cette fois plus de doute : il était bien, un dimanche d'avril, dans le quartier de Monplaisir. À Lyon. En 1964.

Sésame

Sésame, ouvre-toi ! Une porte massive, moyenâgeuse, effrayante, scelle de ses ferrures une caverne pleine de trésors...

La première fois que j'ai fait griller du sésame dans une poêle pour préparer du gomasio, j'ai cru que le *Sésame, ouvre-toi* d'*Ali Baba et les quarante voleurs* témoignait des riches arômes de cette plante originaire de l'Inde joliment nommée *ajonjoli* par les Espagnols. En humant la graine en train de chauffer, j'imaginais que le feu ouvrait tout simplement la porte protégeant ses merveilles.

On me déclara aveuglée par la passion.

J'ai alors changé d'erreur, tentée par une autre interprétation : *Sésame, ouvre-toi* était la transposition légendaire des propriétés inouïes de cette minuscule graine qui sert depuis le début des temps à fabriquer une huile exceptionnelle. Fortifiant le système nerveux, stimulant la mémoire et l'activité intellectuelle sans agressivité nutritive, le sésame était un dopant bien connu des soldats grecs de l'Antiquité qui emportaient en campagne des rations énergétiques de sésame broyé parfumé de cumin pour se requinquer. On me certifia même que cette perle de bienfaits sauverait peut-être un jour l'humanité de la faim vu sa prodigieuse richesse.

J'étais presque convaincue par cette interprétation lorsqu'on me parla de surnaturel : les dieux assyriens avaient bu du vin de sésame avant de créer le monde. Les Chinois avaient brûlé, il y a quelques milliers d'années, l'huile de sésame pour fabriquer les suies de leurs meilleures encres.

Un esprit rationnel s'offusqua de ma crédulité. *Sésame, ouvre-toi* trouvait sens dans le son produit par la graine lorsqu'elle sort de sa cosse. Ce petit bruit sec ressemblait, prétendait-il, à celui, magique et discret, de l'ouverture d'un loquet.

Fatiguée par toutes ces rumeurs, je décidai de les retenir toutes, ou de n'en croire aucune, ce qui revenait au même. Star de graine, le sésame méritait certes tous ces échos. Je finis par admettre qu'il n'était pour moi qu'un péché et j'en abuse désormais sans vergogne. Je tartine du pain bis de beurre de sésame ou de tahin, utilise le sésame à la place de la chapelure pour paner escalopes et filets de poulet, donner une croûte dorée aux gratins, embellir pains et brioches. Mon dessert préféré : une faisselle de fromage de chèvre extra-fraîche, de grosses framboises mûres, et une cuillerée de gomasio, ce sel de sésame dont je parsème salades, yaourts, compotes, légumes. Si je croyais à l'existence de l'âme, je serais capable de la vendre en échange de ce pur plaisir...

Je tiens d'autant plus au gomasio que sa préparation, exercice parfaitement zen, me conduit au vertige : je grille, pas trop fort et à sec, la graine dans une poêle, et me laisse peu à peu enivrer par les arômes d'amande, de cannelle et de beurre au sucre que je préfère entre tous.

Le spectacle de cette métamorphose est lui

aussi réjouissant : ma cuillère en bois fait remonter les graines dorées du fond de la poêle vers les crues encore pâles. Peu à peu, l'ensemble fonce, et j'ai l'impression de mélanger les sables de deux plages. La texture ne change pas, seuls varient la teinte, l'odeur et le son, car les graines, lorsqu'elles sont mordues trop fort par la chaleur, crépitent, font des sauts de puce, agitent le sable de petites saccades d'insectes qu'apaise lentement ma cuillère, et j'adore méditer devant ce jardin de minuscules graviers.

Au bout d'une dizaine de minutes, l'ajout de sel de mer non raffiné fait peu à peu *suer* la graine, humidifiant le sable... Lorsque la couleur approche celle du pain d'épice, je broie longuement le mélange dans un mortier. La méditation continue. Chaque coup de pilon m'offre un bouquet d'arômes de plus en plus corsé, mêlé d'effluves d'iode et de mer.

Il faut cependant ne pas céder au vertige et s'interdire de broyer trop finement ce mélange : quelques graines doivent encore croquer sous la dent. Reste alors à emprisonner ce délice dans un pot.

Pour renouveler souvent cette expérience jouissive, j'offre du gomasio maison à mes visiteurs plutôt que confitures, cornichons ou chutneys, afin qu'ils emportent avec eux ce sésame qui ouvre tous les appétits.

Aphrodisiaque

— J'ai mal à la tête.

Les migraines d'Étienne sont de plus en plus fréquentes. Le *stress*, a dit le médecin.

Ruth plonge la cuillère dans la blanquette :

— Je te sers ?

— Non, merci !

Ruth a pourtant réussi sa blanquette. La sauce onctueuse, blondie par un jaune d'œuf, sent bon le bouillon mijoté et la crème chaude. Mais Étienne n'a pas faim, comme souvent, et, depuis des mois, son sexe est aussi maussade que lui.

— Juste un petit peu ?

— Non, je te dis !

— Si tu veux, je te prépare un brin de salade, j'ai une petite vinaigrette toute prête, de la ciboulette fraîche et...

— Non, merci !

— Un peu de fromage, alors ?

— Non !

Il est pris d'une rage disproportionnée contre elle, ses obsessions de bouffe, ses brins de ceci, ses petites sauces de cela...

— Tu prendras un peu de dessert, au moins ?

— Non !

Étienne s'est entendu crier et lève un regard coupable vers sa femme. Elle mérite mieux que sa mauvaise humeur. Étienne n'a rien à lui reprocher. Ruth est excellente cuisinière. Ses talents culinaires ont comblé Étienne au début de leur mariage. Désormais, il redoute chaque repas. Il s'y sent veau qu'on engraisse. L'idée le fait sourire... jaune ! Le veau gavé n'a plus rien du taureau.

— Un café ?

— Je veux bien.

Il a répondu d'une voix douce. Il en est soulagé. Ne pas dramatiser. Il ne peut pas se plaindre. Ruth et lui ne s'affrontent pas. Ils forment un couple exemplaire.

— J'ai préparé ton sac pour la randonnée,

lance Ruth d'une voix douce. Je crois que je n'ai rien oublié.

Il n'en doute pas et grimace :

— Parfait !

Au bout de trois jours de randonnée, Étienne, malgré les vingt-cinq kilomètres de marche quotidienne, ne se sent plus fatigué. Du moins s'agit-il d'une autre fatigue, physique, bienfaisante, dont il se repose par un sommeil profond sous les étoiles.

L'idée du boss de l'agence de tourisme pour laquelle il travaille porte ses fruits : chaque année, il entraîne ses sept employés dans un voyage d'entreprise, à la fois prime de fin d'année et séminaire destiné à améliorer les relations entre les membres du personnel. L'année précédente, ce fut une croisière autour de la Corse, deux ans plus tôt, un séjour à Bilbao. Étienne apprécie ses vacances loin de Ruth et de sa radoteuse perfection.

Le quatrième soir, la petite troupe atteint le refuge du Chalin.

Étienne se propose pour la préparation du repas. Les provisions décident du menu : pommes de terre sautées, salade verte à l'ail et aux croûtons, fraises à la crème. Concentré, Étienne ne néglige aucun détail.

Son plaisir à humer les odeurs d'huile chaude, à écouter grésiller les pommes de terre, à écraser l'ail dans le saladier, à équeuter les fraises parfumées le surprend. La faim le tenaille.

Depuis des années, il n'a pas éprouvé une fringale pareille. Il lui semble rajeunir, retrouver le sel de l'existence.

À table, il dévore. Sa collègue Estelle, qui prétend ne pas savoir cuire un œuf, le complimente. En la regardant engloutir les mets qu'il a préparés, Étienne est pris d'un violent désir d'étreindre, de prendre et de combler cette chair qu'il a nourrie. Le soir même, il s'unit à elle, et la nuit est trop courte pour assouvir leur faim.

Quelques mois plus tard, Étienne divorce pour vivre avec Estelle. La cuisine devient son territoire. Estelle ne sait toujours pas cuire un œuf. Il s'en réjouit. Il sait que son désir de la chair et de la bonne chère a un moteur principal : le plaisir de nourrir, suprême volupté apéritive et aphrodisiaque.

Au bout de trois ans, l'appétit d'Estelle s'étiole. Elle refuse les bons petits plats d'Étienne sous prétexte de retrouver sa ligne.

Étienne s'inquiète :

— Mange un peu, quand même.

— Non, je te dis, je n'ai plus faim.

Ils se séparent l'année suivante.

Après une longue dépression, Étienne ouvre un restaurant. On ne compte plus les clientes qui succombent aux charmes de ce séducteur. Il vient de fêter la seconde étoile de son établissement : La table d'Éros.

Fromages

Le bébé hurle. Noël se demande comment un tel vacarme peut sortir d'un aussi petit corps. La pauvre chose s'époumone. Peut-on réellement se déchirer les poumons à force de brailler ?

Noël hésite, secoue un hochet, le sac de pleurs semble ne rien voir. Il prend l'enfant dans ses bras, reçoit des coups de pied furieux dans l'estomac, *sage, sage*, il tente la berceuse qui redouble les sanglots de l'horrible petite bouille rouge et plissée. Noël promène le bébé en le faisant danser, *là, là, gentil, hein, bébé.* Rien à faire. Le chagrin est aussi inconsolable qu'incompréhensible. Noël entrevoit l'hypothèse de la dent qui pousse. Il tente d'introduire son doigt dans la bouche édentée, *aïe*, la terreur a des forces insoupçonnées dans ses mâchoires. Noël refuse de se décourager, mais une petite boîte à musique présentée à quelques centimètres du visage est précipitée à terre par une gifle diablement efficace.

Noël repose le bébé dans sa chaise haute, va chercher les douceurs.

Il se risque à glisser dans la bouche hurlante une cuillerée de marmelade rose extraite d'un minuscule pot. Le salopard fait des bulles, crache, Noël en a plein le visage. Un biscuit est peut-être plus adapté ? Noël choisit un petit-beurre doré, le propose aux lèvres béantes, les menottes reviennent à la rescousse pour éloigner l'intrus et brisent le biscuit d'un geste exaspéré. Noël perd patience et s'éloigne, coupable. Le capricieux commence à lui taper sur les nerfs. Plus exactement, petit bouddha tambourine rageusement sur la tablette de sa chaise haute.

À la recherche d'une idée, Noël ouvre le garde-manger d'où monte une puanteur infecte. Un reste de camembert a coulé dans sa boîte sans couvercle.

Noël y plonge le doigt. Cette fois, le capricieux va savoir pourquoi il est en colère, Noël frotte sur les lèvres du bébé le fromage puant.

Aussitôt le doigt est englouti, les pleurs cessent, le bébé écarquille ses grands yeux laqués, déglutit, avale la mixture, et il rit, il rit. Sa bouche tète pour en avoir encore. Vite, Noël se précipite vers la vieille boîte de camembert, l'emporte vers la bouille souriante, attaque le reste à la cuillère. Bébé mâche et tète, heureux, gigotant d'aise sur sa chaise, tout à fait calmé !

Bébé capricieux, je cessais soi-disant de pleurer lorsqu'on m'offrait un morceau de camembert. Réalité ou légende familiale, je considère encore aujourd'hui le fromage comme une douceur et choisis systématiquement plateaux, assortiments ou faisselles contre la ronde des desserts.

De caprices plus vieux que mes souvenirs me reste une passion jamais lassée pour le picodon crémeux de la Drôme, le brebis corse dont la vigoureuse saveur s'enroule longtemps dans l'arrière-palais, le saint-nectaire parfumé, le vrai, le fermier, qui peut être le roi des fromages s'il est bien affiné, qui embaume de toutes les herbes grasses et goûtues du Cantal, le vacherin tiédi près du feu de bois dégusté à la cuillère et... forcément, le camembert bien fait !

Cette passion me joue aussi des tours. Lorsque je voyage, rien ne me manque sauf, parfois, un assortiment de bleus, de pâtes dures et molles, de caillés, de demi-sel, de tommes de chèvre et de brebis. À l'autre bout du monde, il m'est arrivé d'avoir des envies si obsédantes de fromages que j'éprouvais, moi qui déteste tant le moment du retour, un impérieux désir de rentrer chez moi. Une sorte de caprice !

Piquant

Trop bavard, l'homme ne me plaisait pas. Il m'avait aidée pour ma valise à l'embarquement et me faisait payer le service rendu : il fallait l'écouter.

Le bateau nous conduisait vers l'Angleterre. Gelée, je commençais à claquer des dents, ce qui n'interrompait pas ses bavardages. Il avait découvert, quelques années plus tôt, les délices du piment au bord de la route, du côté de Maroua, au nord du Cameroun, en savourant des morceaux de viande frite roulés dans une poudre rouge sombre.

Il assaisonnait désormais tous ses mets de brûlantes épices, qui, selon lui, régnaient sur le royaume du goût. Gingembre et autres chilis fouettaient toute saveur, éveillaient les sens, anoblissaient l'art culinaire, et leur valeur inestimable rendait compréhensibles les guerres sanglantes qu'avait engendrées jadis le commerce du poivre. Ceux qui prenaient ces merveilles pour des épines superflues gâchant la cuisine, incendiant les muqueuses, étaient de bien piètres gourmets. Le piquant révélait aux connaisseurs un continent de mille saveurs.

Glacée, nauséeuse, je m'étais mise à éternuer, ce qui n'avait pas arrêté le flot de paroles de l'incorrigible bavard. J'eus droit au récit de ses voyages, du Kerala à Madagascar, de Bornéo à la Jamaïque, dans les jardins d'épices où se cultivaient les meilleurs poivres. Il se prétendait capable de différencier arômes et origines qu'il tint absolument à me décrire, m'imposa même la biographie de Pierre Poivre, gouverneur de l'île Maurice et de la Réunion, qui introduisit cette épice dans les colonies françaises.

Je devais avoir vraiment très mauvaise mine lorsque le bavard interrompit son discours :

— Ça va ?

— Très bien, je vais seulement vomir un peu avant une bonne grippe.

L'homme avait alors sorti d'une boîte métallique un morceau de tubercule beige que j'avais mastiqué sans protester. Aussitôt, mes yeux avaient pleuré, ma gorge flambé, et l'homme m'avait fait boire, dans une de ces flasques à alcool, une prétendue potion magique, à la fois douce et piquante. J'avais oublié grippe et nausée.

Presque vingt ans ont passé. Lorsque, les soirs d'hiver, maux de tête et frissons m'assaillent, je croque un morceau de gingembre frais. Chassé par le fouet de ce dopant, le spectre de la grippe s'éloigne.

L'homme fou de piment ne m'ennuie plus avec ses discours. Je partage désormais sa passion du poivre, du gingembre, et les voyages multiples qui nous les font mieux connaître. Le gingembre râpé épice désormais nos plats, parfume nos huiles et transforme le jus de citron adouci de miel en une potion magique que nous emportons toujours dans nos bagages.

Menus

Deux semaines plus tôt, mon père s'est écroulé, à quatre-vingt-seize ans, le nez dans son assiette, au milieu du banquet des conscrits, trois ans presque jour pour jour après le décès de ma mère. En arrivant au paradis des gastronomes, ce gourmand a sans doute exprimé son seul regret : ne pas s'être bien tenu à table jusqu'au bout.

Sortant de la maison familiale, j'ose quelques pas dans la lumière laiteuse qui baigne le potager, royaume de mon père qui se sera occupé de son jardin jusqu'à ses derniers instants. Son travail en plein essor printanier est un réconfort et un encouragement à garder aussi longtemps que lui un tel goût de vivre. Même la mort de son épouse ne lui avait pas gâché l'appétit. Manger trois fois par jour restait sa fierté. Il avait promis à sa femme de ne pas se laisser aller. Or se tenir signifiait bien se nourrir !

Je m'accroupis près de la plantation d'herbes aromatiques. Le fouillis de persil, thym, ciboulette, estragon danse sous le vent. Les parfums me transportent des décennies en arrière, lorsque je venais chaparder groseilles et framboises. Je froisse tiges et feuilles entre mes doigts pour en renifler une bouffée de fragrances évoquant salades croquantes, légumes tendres, cette cuisine ensoleillée des heureux pratiquants des jardins.

De jeunes feuilles d'oseille pointent, j'en cueille quelques-unes et croque leur acidité parfumée qui faisait déjà les délices des pharaons. L'éternité des plantes et des graines, leurs voyages autour du globe dans le temps et l'espace, mon père ne les racontait pas. C'est moi qui les ai proposés plus tard à mes petits-enfants. Les mots, à défaut d'autre chose.

Mon regard s'attarde sur les fragiles plants de laitues, les chétives langues vertes des radis, les feuilles dentelées des fraisiers, sous lesquelles flamboie... un petit globe rouge, une fraise d'un brillant écarlate, premier sucre du printemps.

Sans doute pour conférer au jardin de mon père une aura supplémentaire, il m'est arrivé de rapporter à mes enfants lorsqu'ils étaient petits quelques légendes, dont celle des âmes défuntes errant jusqu'à leur rencontre avec une fraise bien mûre dont les sucs leur assuraient la paix éternelle. La paix éternelle... Cette minuscule garriguette, dernier cadeau de mon père ? Je croque le petit fruit charnu, doux et acidulé. Une éternité de saveurs.

Trois mois plus tard, je reviens vider la maison mise en vente. Je trie les livres de recettes qui tapissent un mur de la cuisine et m'étonne de cette profusion. Mes parents, fins cordons-bleus, ne suivaient guère les recettes des livres. À la manière des artistes, ils obéissaient à leur inspiration. Ils ont toujours aimé inventer, improviser, à la cuisine comme au jardin.

D'ailleurs, la philosophie de leur science culinaire est proclamée sur un parchemin rouge encadré d'acier qui trône au-dessus du buffet :

La cuisine des saveurs ne se pratique pas au doigt tournant les pages d'un livre.

Mais à l'œil et à vue de nez, main à la pâte, cuillère à la bouche, oreille aux aguets des marmites.

Ajoutez une pincée d'imagination, un demi-verre de mémoire, un bouquet garni d'affection pour les convives.

Servir chaud ou frais selon la saison.

Mes parents cuisinaient effectivement à l'œil et à vue de nez, même pour le fameux gâteau de foies de volaille. Je les revois, le dimanche, à Lyon, hacher les foies, mélanger cette purée à de la mie de pain et des œufs, délayer le tout avec la crème, l'ail et le persil, et le cuire au bain-marie pendant que mijotent la sauce tomate, le ris de veau, que gonflent les quenelles. Je salive en imaginant l'île, d'une belle couleur cuivrée, baignée d'un lac de coulis rouge dans lequel affleure un archipel de somptueuses garnitures.

Indigne de l'héritage parental, je serais incapable de préparer ce régal princier à mes petits-enfants. La mauvaise fille s'en veut d'être si piètre légataire. Il serait bon qu'elle retrouve la recette. À défaut d'autre chose, les mots restent son affaire. Dans ce lourd volume relié de cuir ? Non. Dans ce gros ouvrage recouvert de tissu d'où dépasse, tel un marque-page, un bout de ficelle à rôtir ? Je glisse mon doigt sur ce repère : *Quenelles.* Je feuillette. *De brochets. De volaille. Les confectionner, les pocher, les accommoder...* Encore quelques pages... *Le gâteau de foies de volaille* ! J'ouvre. Un petit bruit métallique sur les tomettes de la cuisine : nouée à la ficelle à rôtir, une minuscule clé est tombée.

J'examine l'objet en laiton. Il pourrait correspondre au coffre scellé dans le mur de la chambre parentale. La clé ouvre effectivement la mystérieuse cache. Ma main extirpe de l'obscurité du papier... non, des menus, des centaines de menus rangés par date. Mots tracés à l'encre brillante, calligraphiés soigneusement, avec pleins et déliés, lettrines dorées, argentées, dessins et gravures en relief : *brochet aux truffes, filet de veau aux morilles, tarte au quemeau, cuissot de chevreuil Saint-Hubert, dinde truffée en volière, écrevisses du Rhin, chapons demi-deuil, bécasses, recuits, oublies avec crème fouettée...*

En me laissant, sous la bonne garde du chef-d'œuvre de la gastronomie lyonnaise, la clé des menus du paradis, mon père me demande sans doute de toujours bien me tenir... à table. Je ne sais pas si j'ai les larmes aux yeux ou l'eau à la bouche.

Cet ouvrage a été composé et mis en pages
par ÉTIANNE COMPOSITION
à Montrouge.

Achevé d'imprimer sur les presses de

BUSSIÈRE

GROUPE CPI

à Saint-Amand-Montrond (Cher)
pour le compte de Nil éditions
en janvier 2007

Dépôt légal : février 2007
N° d'édition : 47576/01 - N° d'impression : 070112/1

Imprimé en France.